Thomas Mann

DER KLEINE HERR FRIEDEMANN

Novelle

S. Fischer

Der Text folgt der Erstausgabe
›Der kleine Herr Friedemann.
Novellen von Thomas Mann‹,
Berlin, S. Fischer Verlag 1898

Umschlaggestaltung nach dem
Originalumschlag
der Novellensammlung von 1898
Gesamtherstellung: Clausen & Bosse, Leck
Printed in Germany
ISBN 3-10-348126-8

DER KLEINE HERR FRIEDEMANN

I.

Die Amme hatte die Schuld. – Was half es, daß, als der erste Verdacht entstand, Frau Konsul Friedemann ihr ernstlich zuredete, solches Laster zu unterdrücken? Was half es, daß sie ihr außer dem nahrhaften Bier ein Glas Rotwein täglich verabreichte? Es stellte sich plötzlich heraus, daß dieses Mädchen sich herbeiließ, auch noch den Spiritus zu trinken, der für den Kochapparat verwendet werden sollte, und ehe Ersatz für sie eingetroffen war, ehe man sie hatte fortschicken können, war das Unglück geschehen. Als die Mutter und ihre drei halbwüchsigen Töchter eines Tages von einem Ausgange zurückkehrten, lag der kleine, etwa einen Monat alte Johannes, vom Wickeltische gestürzt, mit einem entsetzlich leisen Wimmern am Boden, während die Amme stumpfsinnig daneben stand.

Der Arzt, der mit einer behutsamen Festigkeit die Glieder des gekrümmten und zuckenden kleinen Wesens prüfte, machte ein sehr, sehr ernstes Gesicht, die drei Töchter standen schluchzend in einem Winkel, und Frau Friedemann in ihrer Herzensangst betete laut.

Die arme Frau hatte es noch vor der Geburt des Kindes erleben müssen, daß ihr Gatte, der niederländische Konsul, von einer ebenso plötzlichen wie heftigen Krankheit dahingerafft wurde, und sie war noch zu gebrochen, um überhaupt der Hoffnung fähig zu sein, der kleine Johannes möchte ihr erhalten bleiben. Allein nach zwei Tagen erklärte ihr der Arzt mit einem ermutigenden Händedruck, eine unmittelbare Gefahr sei schlechterdings nicht mehr vorhanden, die leichte Gehirnaffektion, vor allem, sei gänzlich behoben, was man schon an dem Blicke sehen könne, der durchaus nicht mehr den stieren Ausdruck zeige wie anfangs... Freilich müsse man abwarten, wie im übrigen sich die Sache entwickeln werde – und das Beste hoffen, wie gesagt, das Beste hoffen...

II.

Das graue Giebelhaus, in dem Johannes Friedemann aufwuchs, lag am nördlichen Tore der alten, kaum mittelgroßen Handelsstadt. Durch die Haustür betrat man eine geräumige, mit Steinfliesen versehene Diele, von der eine Treppe mit weißgemaltem Holzgeländer in die Etagen hinaufführte. Die Tapeten des Wohnzimmers im ersten Stock zeigten verblichene Landschaften, und um den schweren Mahagoni-Tisch mit der dunkelroten Plüschdecke standen steiflehnige Möbel.

Hier saß er oft in seiner Kindheit am Fenster, vor dem stets schöne Blumen prangten, auf einem kleinen Schemel zu den Füßen seiner Mutter und lauschte etwa, während er ihren glatten, grauen Scheitel und ihr gutes, sanftmütiges Gesicht betrachtete und den leisen Duft atmete, der immer von ihr ausging, auf eine wundervolle Geschichte. Oder er ließ sich vielleicht das Bild des Vaters zeigen, eines freundlichen Herrn mit grauem Backenbart. Er befand sich im Himmel, sagte die Mutter, und erwartete dort sie alle.

Hinter dem Hause war ein kleiner Garten, in dem man während des Sommers einen guten Teil des Tages zuzubringen pflegte, trotz des süßlichen Dunstes, der von einer nahen Zuckerbrennerei fast immer herüberwehte.

Ein alter, knorriger Walnußbaum stand dort, und in seinem Schatten saß der kleine Johannes oft auf einem niedrigen Holzsessel und knackte Nüsse, während Frau Friedemann und die drei nun schon erwachsenen Schwestern in einem Zelt aus grauem Segeltuch beisammen waren. Der Blick der Mutter aber hob sich oft von ihrer Handarbeit, um mit wehmütiger Freundlichkeit zu dem Kinde hinüberzugleiten.

Er war nicht schön, der kleine Johannes, und wie er so mit seiner spitzen und hohen Brust, seinem weit ausladenden Rücken und seinen viel zu langen, mageren Armen auf dem Schemel hockte und mit einem behenden Eifer seine Nüsse knackte, bot er einen höchst seltsamen Anblick. Seine Hände und Füße aber waren zartgeformt und schmal, und er hatte große, rehbraune Augen, einen weichgeschnittenen Mund und feines, lichtbraunes

Haar. Obgleich sein Gesicht so jämmerlich zwischen den Schultern saß, war es doch beinahe schön zu nennen.

III.

Als er sieben Jahre alt war, ward er zur Schule geschickt, und nun vergingen die Jahre einförmig und schnell. Täglich wanderte er, mit der komisch wichtigen Gangart, die Verwachsenen manchmal eigen ist, zwischen den Giebelhäusern und Läden hindurch nach dem alten Schulhaus mit den gotischen Gewölben; und wenn er daheim seine Arbeit getan hatte, las er vielleicht in seinen Büchern mit den schönen, bunten Titelbildern oder beschäftigte sich im Garten, während die Schwestern der kränkelnden Mutter den Hausstand führten. Auch besuchten sie Gesellschaften, denn Friedemanns gehörten zu den ersten Kreisen der Stadt; aber geheiratet hatten sie leider noch nicht, denn ihr Vermögen war nicht eben groß, und sie waren ziemlich häßlich.

Johannes erhielt wohl ebenfalls von seinen Altersgenossen hie und da eine Einladung, aber er hatte nicht viel Freude an dem Verkehr mit ihnen. Er vermochte an ihren Spielen nicht teilzunehmen, und da sie ihm gegenüber eine befangene Zurückhaltung immer bewahrten, so konnte es zu einer Kameradschaft nicht kommen.

Es kam die Zeit, wo er sie auf dem Schulhofe oft von gewissen Erlebnissen sprechen hörte; aufmerksam und mit großen Augen lauschte er, wie sie von ihren Schwärmereien für dies oder jenes kleine Mädchen redeten, und schwieg dazu. Diese Dinge, sagte er sich, von denen die Anderen ersichtlich ganz erfüllt waren, gehörten zu denen, für die er sich nicht eignete, wie Turnen und Ballwerfen. Das machte manchmal ein wenig traurig; am Ende aber war er von jeher daran gewöhnt, für sich zu stehen und die Interessen der anderen nicht zu teilen.

Dennoch geschah es, daß er – sechzehn Jahre zählte er damals – zu einem gleichalterigen Mädchen eine plötzliche Neigung faßte. Sie war die Schwester eines seiner Klassengenossen, ein blondes, ausgelassen fröhliches Geschöpf, und bei ihrem Bruder lernte er sie kennen. Er empfand eine seltsame Beklommenheit in ihrer Nähe, und die befangene und künstlich freundliche Art, mit der auch sie ihn behandelte, erfüllte ihn mit tiefer Traurigkeit.

Als er eines Sommernachmittags einsam vor der Stadt auf dem Walle spazieren ging, vernahm er hinter einem Jasminstrauch ein Flüstern und lauschte vorsichtig zwischen den Zweigen hindurch. Auf der Bank, die dort stand, saß jenes Mädchen neben einem langen, rotköpfigen Jungen, den er sehr wohl kannte; er hatte den Arm um sie gelegt und drückte einen Kuß auf ihre Lippen, den sie kichernd erwiderte. Als Johannes Friedemann dies gesehen hatte, machte er kehrt und ging leise von dannen.

Sein Kopf saß tiefer als je zwischen den Schultern, seine Hände zitterten, und ein scharfer, drängender Schmerz stieg ihm aus der Brust in den Hals hinauf. Aber er würgte ihn hinunter und richtete sich entschlossen auf, so gut er das vermochte. »Gut«, sagte er zu sich, »das ist zu Ende. Ich will mich niemals wieder um dies alles bekümmern. Den anderen gewährt es Glück und Freude, mir aber vermag es immer nur Gram und Leid zu bringen. Ich bin fertig damit. Es ist für mich abgetan. Nie wieder. –«

Der Entschluß tat ihm wohl. Er verzichtete, verzichtete auf immer. Er ging nach Hause und nahm ein Buch zur Hand oder spielte Violine, was er trotz seiner verwachsenen Brust erlernt hatte.

IV.

Mit siebenzehn Jahren verließ er die Schule, um Kaufmann zu werden, wie in seinen Kreisen alle Welt es war, und trat in das große Holzgeschäft des Herrn Schlievogt, unten am Fluß, als Lehrling ein. Man behandelte ihn mit Nachsicht, er seinerseits war freundlich und entgegenkommend, und friedlich und geregelt verging die Zeit. In seinem einundzwanzigsten Lebensjahre aber starb nach langem Leiden seine Mutter.

Das war ein großer Schmerz für Johannes Friedemann, den er sich lange bewahrte. Er genoß ihn, diesen Schmerz, er gab sich ihm hin, wie man sich einem großen Glücke hingibt, er pflegte ihn mit tausend Kindheitserinnerungen und beutete ihn aus als sein erstes starkes Erlebnis.

Ist nicht das Leben an sich etwas Gutes, gleichviel, ob es sich nun so für uns gestaltet, daß man es »glücklich« nennt? Johannes Friedemann fühlte das, und er liebte das Leben. Niemand versteht, mit welcher innigen Sorgfalt er, der auf das größte Glück, das es uns zu bieten vermag, Verzicht geleistet hatte, die Freuden, die ihm zugänglich waren, zu genießen wußte. Ein Spaziergang zur Frühlingszeit draußen in den Anlagen vor der Stadt, der Duft einer Blume, der Gesang eines Vogels – konnte man für solche Dinge nicht dankbar sein?

Und daß zur Genußfähigkeit Bildung gehört, ja, daß Bildung immer nur gleich Genußfähigkeit ist, – auch das verstand er: und er bildete sich. Er liebte die Musik und besuchte alle Konzerte, die etwa in der Stadt veranstaltet wurden. Er selbst spielte allmählich, obgleich er sich ungemein merkwürdig dabei ausnahm, die Geige nicht übel und freute sich an jedem schönen und weichen Ton, der ihm gelang. Auch hatte er sich durch viele Lektüre mit der Zeit einen literarischen Geschmack angeeignet, den er wohl in der Stadt mit niemandem teilte. Er war unterrichtet über die neueren Erscheinungen des In- und Auslandes, er wußte den rhythmischen Reiz eines Gedichtes auszukosten, die intime Stimmung einer fein geschriebenen Novelle auf sich wirken zu lassen... oh! man konnte beinahe sagen, daß er ein Epikuräer war.

Er lernte begreifen, daß alles genießenswert, und daß es beinahe töricht ist, zwischen glücklichen und unglücklichen Erlebnissen zu unterscheiden. Er nahm alle seine Empfindungen und Stimmungen bereitwilligst auf und pflegte sie, die trüben so gut wie die heiteren: auch die unerfüllten Wünsche, – die Sehnsucht. Er liebte sie um ihrer selbst willen und sagte sich, daß mit der Erfüllung das Beste vorbei sein würde. Ist das süße, schmerzliche, vage Sehnen und Hoffen stiller Frühlingsabende nicht genußreicher als alle Erfüllungen, die der Sommer zu bringen vermöchte? – Ja, er war ein Epikuräer, der kleine Herr Friedemann!

Das wußten die Leute wohl nicht, die ihn auf der Straße mit jener mitleidig freundlichen Art begrüßten, an die er von jeher gewöhnt war. Sie wußten nicht, daß dieser unglückliche Krüppel, der da mit seiner putzigen Wichtigkeit in hellem Überzieher und blankem Cylinder – er war seltsamerweise ein wenig eitel – durch die Straßen marschierte, das Leben zärtlich liebte, das ihm sanft dahinfloß, ohne große Affekte, aber erfüllt von einem stillen und zarten Glück, das er sich zu schaffen wußte.

V.

Die Hauptneigung aber des Herrn Friedemann, seine eigentliche Leidenschaft war das Theater. Er besaß ein ungemein starkes dramatisches Empfinden, und bei einer wuchtigen Bühnenwirkung, der Katastrophe eines Trauerspiels, konnte sein ganzer kleiner Körper ins Zittern geraten. Er hatte auf dem ersten Range des Stadttheaters seinen bestimmten Platz, den er mit Regelmäßigkeit besuchte, und hin und wieder begleiteten ihn seine drei Schwestern dorthin. Sie führten seit dem Tode der Mutter sich und ihrem Bruder allein die Wirtschaft in dem alten Hause, in dessen Besitz sie sich mit ihm teilten.

Verheiratet waren sie leider noch immer nicht; aber sie waren längst in einem Alter, in dem man sich bescheidet, denn Friederike, die Älteste, hatte siebzehn Jahre vor Herrn Friedemann voraus. Sie und ihre Schwester Henriette waren ein wenig zu lang und dünn, während Pfiffi, die Jüngste, allzu klein und beleibt erschien. Letztere übrigens hatte eine drollige Art, sich bei jedem Worte zu schütteln und Feuchtigkeit dabei in die Mundwinkel zu bekommen.

Der kleine Herr Friedemann kümmerte sich nicht viel um die drei Mädchen: sie aber hielten treu zusammen und waren stets einer Meinung. Besonders wenn eine Verlobung in ihrer Bekanntschaft sich ereignete, betonten sie einstimmig, daß dies ja sehr erfreulich sei.

Ihr Bruder fuhr fort, bei ihnen zu wohnen, auch als er die Holzhandlung des Herrn Schlievogt verließ und sich selbständig machte, indem er irgend ein kleines Geschäft übernahm, eine Agentur oder dergleichen, was nicht allzuviel Arbeit in Anspruch nahm. Er hatte ein paar Parterre-Räumlichkeiten des Hauses inne, damit er nur zu den Mahlzeiten die Treppe hinaufzusteigen brauchte, denn hin und wieder litt er ein wenig an Asthma.

An seinem dreißigsten Geburtstage, einem hellen und warmen Junitage, saß er nach dem Mittagessen in dem grauen Gartenzelt mit einer neuen Nackenrolle, die Henriette ihm gearbeitet hatte, einer guten Cigarre im Munde und einem guten Buche in der Hand.

Dann und wann hielt er das letztere beiseite, horchte auf das vergnügte Zwitschern von Sperlingen, die in dem alten Nußbaum saßen, und blickte auf den sauberen Kiesweg, der zum Hause führte, und auf den Rasenplatz mit den bunten Beeten.

Der kleine Herr Friedemann trug keinen Bart, und sein Gesicht hatte sich fast gar nicht verändert; nur daß die Züge ein wenig schärfer geworden waren. Sein feines, lichtbraunes Haar trug er seitwärts glatt gescheitelt.

Als er einmal das Buch ganz auf die Kniee hinabsinken ließ und hinauf in den blauen, sonnigen Himmel blinzelte, sagte er zu sich: »Das wären nun dreißig Jahre. Nun kommen vielleicht noch zehn oder auch noch zwanzig, Gott weiß es. Sie werden still und geräuschlos daherkommen und vorüberziehen wie die verflossenen, und ich erwarte sie mit Seelenfrieden.« –

VI.

Im Juli desselben Jahres ereignete sich jener Wechsel in der Bezirkskommandantur, der alle Welt in Erregung versetzte. Der beleibte, joviale Herr, der lange Jahre hindurch diesen Posten innegehabt hatte, war in den gesellschaftlichen Kreisen sehr beliebt gewesen, und man sah ihn ungern scheiden. Gott weiß, infolge welches Umstandes nun ausgemacht Herr von Rinnlingen aus der Hauptstadt hierher gelangte.

Der Tausch schien übrigens nicht übel zu sein, denn der neue Oberstleutenant, der verheiratet aber kinderlos war, mietete in der südlichen Vorstadt eine sehr geräumige Villa, woraus man schloß, daß er ein Haus zu machen gedachte. Jedenfalls wurde das Gerücht, er sei ganz außerordentlich vermögend, auch dadurch bestätigt, daß er vier Dienstboten, fünf Reit- und Wagenpferde, einen Landauer und einen leichten Jagdwagen mit sich brachte.

Die Herrschaften begannen bald nach ihrer Ankunft bei den angesehenen Familien Besuche zu machen, und ihr Name war in aller Munde; das Hauptinteresse aber nahm schlechterdings nicht Herr von Rinnlingen selbst in Anspruch, sondern seine Gattin. Die Herren waren verblüfft und hatten vorderhand noch kein Urteil; die Damen aber waren geradeheraus nicht einverstanden mit dem Sein und Wesen Gerdas von Rinnlingen.

»Daß man die hauptstädtische Luft verspürt«, äußerte sich Frau Rechtsanwalt Hagenström gesprächsweise gegen Henriette Friedemann, – »nun, das ist natürlich. Sie raucht, sie reitet – einverstanden! Aber ihr Benehmen ist nicht nur frei, es ist burschikos, und auch das ist noch nicht das rechte Wort... Sehen Sie, sie ist durchaus nicht häßlich, man könnte sie sogar hübsch finden: und dennoch entbehrt sie jedes weiblichen Reizes, und ihrem Blick, ihrem Lachen, ihren Bewegungen fehlt alles, was Männer lieben. Sie ist nicht kokett, und ich bin, Gott weiß es, die letzte, die das nicht lobenswert fände; aber darf eine so junge Frau – sie ist vierundzwanzig Jahre alt – die natürliche anmutige Anziehungskraft... vollkommen vermissen lassen? Liebste, ich bin nicht zungenfertig, aber ich weiß, was ich meine. Unsere Herren sind jetzt noch wie vor den Kopf geschlagen: Sie werden sehen, daß sie sich nach ein paar Wochen gänzlich dégoutiert von ihr abwenden ...«

»Nun«, sagte Fräulein Friedemann, »sie ist ja vortrefflich versorgt.«

»Ja, ihr Mann!« rief Frau Hagenström. »Wie behandelt sie ihn? Sie sollten es sehen! Sie werden es sehen! Ich bin die erste, die darauf besteht, daß eine verheiratete Frau gegen das andere Geschlecht bis zu einem gewissen Grade abweisend zu sein hat. Wie aber benimmt sie sich gegen ihren eigenen Mann? Sie hat eine Art, ihn eiskalt anzusehen und mit einer mitleidigen Betonung ›Lieber Freund‹ zu ihm zu sagen, die mich empört! Denn man muß ihn dabei sehen – korrekt, stramm, ritterlich, ein prächtig konservierter Vierziger, ein glänzender Offizier! Vier Jahre sind sie verheiratet ... Liebste ...«

VII.

Der Ort, an dem es dem kleinen Herrn Friedemann zum ersten Male vergönnt war, Frau von Rinnlingen zu erblicken, war die Hauptstraße, an der fast ausschließlich Geschäftshäuser lagen, und diese Begegnung ereignete sich um die

Mittagszeit, als er soeben von der Börse kam, wo er ein Wörtchen mitgeredet hatte.

Er spazierte, winzig und wichtig, neben dem Großkaufmann Stephens, einem ungewöhnlich großen und vierschrötigen Herrn mit rundgeschnittenem Backenbart und furchtbar dicken Augenbrauen. Beide trugen Cylinder und hatten wegen der großen Wärme die Überzieher geöffnet. Sie sprachen über Politik, wobei sie taktmäßig ihre Spazierstöcke auf das Trottoir stießen; als sie aber etwa bis zur Mitte der Straße gekommen waren, sagte plötzlich der Großkaufmann Stephens:

»Der Teufel hole mich, wenn dort nicht die Rinnlingen dahergefahren kommt.«

»Nun, das trifft sich gut«, sagte Herr Friedemann mit seiner hohen und etwas scharfen Stimme und blickte erwartungsvoll geradeaus. »Ich habe sie nämlich noch immer nicht zu Gesichte bekommen. Da haben wir den gelben Wagen.«

In der Tat war es der gelbe Jagdwagen, den Frau von Rinnlingen heute benutzte, und sie lenkte die beiden schlanken Pferde in eigener Person, während der Diener mit verschränkten Armen hinter ihr saß. Sie trug eine weite, ganz helle Jacke, und auch der Rock war hell. Unter dem kleinen, runden Strohhut mit braunem Lederbande quoll das rotblonde Haar hervor, das über die Ohren frisiert war und als ein dicker Knoten tief in den Nacken fiel. Die Hautfarbe ihres ovalen Gesichtes war mattweiß, und in den Winkeln ihrer ungewöhnlich nahe bei einander liegenden braunen Augen lagerten bläuliche Schatten. Über ihrer kurzen, aber recht fein geschnittenen Nase saß ein kleiner Sattel von Sommersprossen, was sie gut kleidete; ob aber ihr Mund schön war, konnte man nicht erkennen, denn sie schob unaufhörlich die Unterlippe vor und wieder zurück, indem sie sie an der Oberlippe scheuerte.

Großkaufmann Stephens grüßte außerordentlich ehrerbietig, als der Wagen herangekommen war, und auch der kleine Herr Friedemann lüftete seinen Hut, wobei er Frau von Rinnlingen groß und aufmerksam ansah. Sie senkte ihre Peitsche, nickte leicht mit dem Kopfe und fuhr langsam vorüber, indem sie rechts und links die Häuser und Schaufenster betrachtete.

Nach ein paar Schritten sagte der Großkaufmann:

»Sie hat eine Spazierfahrt gemacht und fährt nun nach Hause.«

Der kleine Herr Friedemann antwortete nicht, sondern blickte vor sich nieder auf das Pflaster. Dann sah er plötzlich den Großkaufmann an und fragte:

»Wie meinten Sie?«

Und Herr Stephens wiederholte seine scharfsinnige Bemerkung.

VIII.

Drei Tage später kam Johannes Friedemann um 12 Uhr mittags von seinem regelmäßigen Spaziergange nach Hause. Um halb 1 Uhr wurde zu Mittag gespeist, und er wollte gerade noch für eine halbe Stunde in sein »Bureau« gehen, das gleich rechts neben der Haustür lag, als das Dienstmädchen über die Diele kam und zu ihm sagte:

»Es ist Besuch da, Herr Friedemann.«

»Bei mir?« fragte er.

»Nein, oben, bei den Damen.«

»Wer denn?«

»Herr und Frau Oberstlieutenant von Rinnlingen.«

»Oh«, sagte Herr Friedemann, »da will ich doch ...«

Und er ging die Treppe hinauf. Oben schritt er über den Vorplatz, und er hatte schon den Griff der hohen, weißen Tür in der Hand, die zum »Landschaftszimmer« führte, als er plötzlich innehielt, einen Schritt zurücktrat, kehrt machte und langsam wieder davonging, wie er gekommen war. Und obgleich er vollkommen allein war, sagte er ganz laut vor sich hin:

»Nein. Lieber nicht. –«

Er ging hinunter in sein »Bureau«, setzte sich an den Schreibtisch und nahm die Zeitung zur Hand. Nach einer Minute aber ließ er sie wieder sinken und blickte seitwärts zum Fenster hinaus. So blieb er sitzen, bis das Mädchen kam und meldete, daß angerichtet sei; dann begab er sich hinauf ins Speisezimmer, wo die Schwestern schon seiner warteten, und nahm auf seinem

Stuhle Platz, auf dem drei Notenbücher lagen.

Henriette, welche die Suppe auffüllte, sagte:

»Weißt du, Johannes, wer hier war?«

»Nun?« fragte er.

»Die neuen Oberstlieutenants.«

»Ja, so? Das ist liebenswürdig.«

»Ja«, sagte Pfiffi und bekam Flüssigkeit in die Mundwinkel, »ich finde, daß beide durchaus angenehme Menschen sind.«

»Jedenfalls«, sagte Friederike, »dürfen wir mit unserem Gegenbesuch nicht zögern. Ich schlage vor, daß wir übermorgen gehen, Sonntag.«

»Sonntag«, sagten Henriette und Pfiffi.

»Du wirst doch mit uns gehen, Johannes?« fragte Friederike.

»Selbstredend!« sagte Pfiffi und schüttelte sich. Herr Friedemann hatte die Frage ganz überhört und aß mit einer stillen und ängstlichen Miene seine Suppe. Es war, als ob er irgendwohin horchte, auf irgendein unheimliches Geräusch.

IX.

Am folgenden Abend gab man im Stadttheater den »Lohengrin«, und alle gebildeten Leute waren anwesend. Der kleine Raum war besetzt von oben bis unten und erfüllt von summendem Geräusch, Gasgeruch und Parfums. Alle Augengläser aber, im Parquet wie auf den Rängen, richteten sich auf Loge 13, gleich rechts neben der Bühne, denn dort waren heute zum ersten Male Herr von Rinnlingen nebst Frau erschienen, und man hatte Gelegenheit, das Paar einmal gründlich zu mustern.

Als der kleine Herr Friedemann in

tadellosem schwarzen Anzug mit glänzend weißem, spitz hervorstehendem Hemdeinsatz seine Loge – Loge 13 – betrat, zuckte er in der Tür zurück, wobei er eine Bewegung mit der Hand nach der Stirn machte und seine Nasenflügel sich einen Augenblick krampfhaft öffneten. Dann aber ließ er sich auf seinem Sessel nieder, dem Platze links von Frau von Rinnlingen.

Sie blickte ihn, während er sich setzte, eine Weile aufmerksam an, indem sie die Unterlippe vorschob, und wandte sich dann, um mit ihrem Gatten, der hinter ihr stand, ein paar Worte zu wechseln. Es war ein großer, breiter Herr mit aufgebürstetem Schnurrbart und einem braunen, gutmütigen Gesicht.

Als die Ouvertüre begann und Frau von Rinnlingen sich über die Brüstung beugte, ließ Herr Friedemann einen raschen, hastigen Seitenblick über sie hingleiten. Sie trug eine helle Gesellschaftstoilette und war, als die einzige der anwesenden Damen, sogar ein wenig dekolletiert. Ihre Ärmel waren sehr weit und bauschig, und die weißen Handschuhe reichten bis an die Ellenbogen. Ihre Gestalt hatte heute etwas Üppiges, was neulich, als sie die weite Jacke trug, nicht bemerkbar gewesen war; ihr Busen hob und senkte sich voll und langsam, und der Knoten des rotblonden Haares fiel tief und schwer in den Nacken.

Herr Friedemann war bleich, viel bleicher als gewöhnlich, und unter dem glattgescheitelten braunen Haar standen kleine Tropfen auf seiner Stirn. Frau von Rinnlingen hatte von ihrem linken Arm, der auf dem roten Sammet der Brüstung lag, den Handschuh gestreift, und diesen runden, mattweißen Arm, der wie die schmucklose Hand von ganz blaßblauem Geäder durchzogen war, sah er immer; das war nicht zu ändern.

Die Geigen sangen, die Posaunen schmetterten darein, Telramund fiel, im Orchester herrschte allgemeiner Jubel, und der kleine Herr Friedemann saß unbeweglich, blaß und still, den Kopf tief zwischen den Schultern, einen Zeigefinger am Munde und die andere Hand im Aufschlage seines Rockes.

Während der Vorhang fiel, erhob sich Frau von Rinnlingen, um mit ihrem Gatten die Loge zu verlassen. Herr Friedemann sah es ohne hinzublicken, fuhr mit seinem Taschentuch leicht über die Stirn, stand plötzlich auf, ging bis an die Tür, die auf den Korridor führte, kehrte wieder um, setzte sich an seinen Platz und verharrte dort regungslos in der Stellung, die er vorher innegehabt hatte.

Als das Klingelzeichen erscholl und seine Nachbarn wieder eintraten, fühlte er, daß Frau von Rinnlingens Augen auf ihm ruhten, und ohne es zu wollen, erhob er den Kopf nach ihr. Als ihre Blicke sich trafen, sah sie durchaus nicht beiseite, sondern fuhr fort, ihn ohne eine Spur von Verlegenheit aufmerksam zu betrachten, bis er selbst, bezwungen und gedemütigt, die Augen niederschlug. Er ward noch bleicher dabei, und ein seltsamer, süßlich beizender Zorn stieg in ihm auf... Die Musik begann.

Gegen Ende dieses Aufzuges geschah es, daß Frau von Rinnlingen sich ihren Fächer entgleiten ließ und daß derselbe neben Herrn Friedemann zu Boden fiel. Beide bückten sich gleichzeitig, aber sie ergriff ihn selbst und sagte mit einem Lächeln, das spöttisch war:

»Ich danke.«

Ihre Köpfe waren ganz dicht beieinander gewesen, und er hatte einen Augenblick den warmen Duft ihrer

Brust atmen müssen. Sein Gesicht war verzerrt, sein ganzer Körper zog sich zusammen, und sein Herz klopfte so gräßlich schwer und wuchtig, daß ihm der Atem verging. Er saß noch eine halbe Minute, dann schob er den Sessel zurück, stand leise auf und ging leise hinaus.

X.

Er ging, gefolgt von den Klängen der Musik, über den Korridor, ließ sich an der Garderobe seinen Cylinder, seinen hellen Überzieher und seinen Stock geben und schritt die Treppe hinab auf die Straße.

Es war ein warmer, stiller Abend. Im Lichte der Gaslaternen standen die grauen Giebelhäuser schweigend gegen den Himmel, an dem die Sterne hell und milde glänzten. Die Schritte der wenigen Menschen, die Herrn Friedemann begegneten, hallten auf dem Trottoir. Jemand grüßte ihn, aber er sah es nicht; er hielt den Kopf tief gesenkt, und seine hohe, spitze Brust zitterte, so schwer atmete er. Dann und wann sagte er leise vor sich hin:

»Mein Gott! Mein Gott!«

Er sah mit einem entsetzten und angstvollen Blick in sich hinein, wie sein Empfinden, das er so sanft gepflegt, so milde und klug stets behandelt hatte, nun emporgerissen war, aufgewirbelt, zerwühlt... Und plötzlich, ganz überwältigt, in einem Zustand von Schwindel, Trunkenheit, Sehnsucht und Qual, lehnte er sich gegen einen Laternenpfahl und flüsterte bebend:

»Gerda!« –

Alles blieb still. Weit und breit war in diesem Augenblick kein Mensch zu sehen. Der kleine Herr Friedemann raffte sich auf und schritt weiter. Er war die Straße hinaufgegangen, in der das Theater lag und die ziemlich steil zum Flusse hinunterlief, und verfolgte nun die Hauptstraße nach Norden, seiner Wohnung zu …

Wie sie ihn angesehen hatte! Wie? Sie hatte ihn gezwungen, die Augen niederzuschlagen? Sie hatte ihn mit ihrem Blick gedemütigt? War sie nicht eine Frau und er ein Mann? Und hatten ihre seltsamen braunen Augen nicht förmlich dabei vor Freude gezittert?

Er fühlte wieder diesen ohnmächtigen, wollüstigen Haß in sich aufsteigen, aber dann dachte er an jenen Augenblick, wo ihr Kopf den seinen berührt, wo er den Duft ihres Körpers eingeatmet hatte, und er blieb zum zweiten Male stehen, beugte den verwachsenen Oberkörper zurück, zog die Luft durch die Zähne ein und murmelte dann abermals völlig ratlos, verzweifelt, außer sich:

»Mein Gott! Mein Gott!«

Und wieder schritt er mechanisch weiter, langsam, durch die schwüle Abendluft, durch die menschenleeren, hallenden Straßen, bis er vor seiner Wohnung stand. Auf der Diele verweilte er einen Augenblick und sog den kühlen, kellerigen Geruch ein, der dort herrschte; dann trat er in sein »Bureau«.

Er setzte sich an den Schreibtisch am offenen Fenster und starrte geradeaus auf eine große, gelbe Rose, die jemand ihm dort ins Wasserglas gestellt hatte. Er nahm sie und atmete mit geschlossenen Augen ihren Duft; aber dann schob er sie mit einer müden und traurigen Gebärde beiseite. Nein, nein, das war zu Ende! Was war ihm noch solcher Duft? Was war ihm noch alles, was bis jetzt sein »Glück« ausgemacht hatte? …

Er wandte sich zur Seite und blickte auf die stille Straße hinaus. Dann und wann klangen Schritte auf und hallten vorüber. Die Sterne standen und glitzerten. Wie todmüde und schwach er wurde! Sein Kopf war so leer, und seine Verzweiflung begann, in eine große, sanfte Wehmut sich aufzulösen. Ein paar Gedichtzeilen flatterten ihm durch den Sinn, die Lohengrin-Musik klang ihm wieder in den Ohren, er sah noch einmal Frau von Rinnlingens Gestalt vor sich, ihren weißen Arm auf dem roten Sammet, und dann verfiel er in einen schweren, fieberdumpfen Schlaf.

XI.

Oft war er dicht am Erwachen, aber er fürchtete sich davor und versank jedesmal aufs neue in Bewußtlosigkeit. Als es aber völlig hell geworden war, schlug er die Augen auf und sah mit einem großen, schmerzlichen Blick um sich. Alles stand ihm klar vor der Seele; es war, als sei sein Leiden durch den Schlaf gar nicht unterbrochen worden.

Sein Kopf war dumpf und die Augen brannten ihm; als er sich aber gewaschen und die Stirn mit Eau de Cologne benetzt hatte, fühlte er sich wohler und setzte sich still wieder an seinen Platz am Fenster, das offen geblieben war. Es war noch ganz früh am Tage, etwa um 5 Uhr. Dann und wann ging ein Bäckerjunge vorüber, sonst war niemand zu sehen. Gegenüber waren noch alle Rouleaux geschlossen. Aber die Vögel zwitscherten und der Himmel war leuchtend blau. Es war ein wunderschöner Sonntagmorgen.

Ein Gefühl von Behaglichkeit und Vertrauen überkam den kleinen Herrn Friedemann. Wovor ängstigte er sich? War nicht alles wie sonst? Zugegeben, daß es gestern ein schlimmer Anfall gewesen war; nun, aber damit sollte es ein Ende haben! Noch war es nicht zu spät, noch konnte er dem Verderben entrinnen! Jeder Veranlassung mußte er ausweichen, die den Anfall erneuern könnte; er fühlte die Kraft dazu. Er fühlte die Kraft, es zu überwinden und es gänzlich in sich zu ersticken. ...

Als es halb acht Uhr schlug, trat Friederike ein und stellte den Kaffee auf den runden Tisch, der vor dem Ledersofa an der Rückwand stand.

»Guten Morgen, Johannes«, sagte sie, »hier ist Dein Frühstück.«

»Danke«, sagte Herr Friedemann. Und dann: »Liebe Friederike, es tut mir leid, daß ihr den Besuch werdet allein machen müssen. Ich fühle mich nicht wohl genug, um Euch begleiten zu können. Ich habe schlecht geschlafen, habe Kopfschmerzen, und kurz und gut, ich muß Euch bitten...«

Friederike antwortete:

»Das ist schade. Du darfst den Besuch keinesfalls ganz unterlassen. Aber es ist wahr, daß Du krank aussiehst. Soll ich Dir meinen Migränestift leihen?«

»Danke«, sagte Herr Friedemann. »Es wird vorübergehen.« Und Friederike ging.

Er trank, am Tische stehend, langsam seinen Kaffee und aß ein Hörnchen dazu. Er war zufrieden mit sich und stolz auf seine Entschlossenheit. Als er fertig war, nahm er eine Cigarre und setzte sich wieder ans Fenster. Das Frühstück hatte ihm wohl getan, und er fühlte sich glücklich und hoffnungsvoll. Er nahm ein Buch, las, rauchte und blickte blinzelnd hinaus in die Sonne.

Es war jetzt lebendig geworden auf der Straße; Wagengerassel, Gespräch und das Klingeln der Pferdebahn tönten zu ihm herein; zwischen allem aber war das Zwitschern der Vögel zu vernehmen, und vom strahlend blauen Himmel wehte eine weiche, warme Luft.

Um zehn Uhr hörte er die Schwestern über die Diele kommen, hörte die Haustür knarren und sah die drei Damen dann am Fenster vorübergehen, ohne daß er besonders darauf achtete. Eine Stunde verging; er fühlte sich glücklicher und glücklicher.

Eine Art von Übermut begann ihn zu erfüllen. Was für eine Luft das war, und wie die Vögel zwitscherten! Wie wäre es, wenn er ein wenig spazieren ginge? – Und da, plötzlich, ohne einen Nebengedanken, stieg mit einem süßen Schrecken der Gedanke in ihm auf: Wenn ich zu ihr ginge? – Und indem er, förmlich mit einer Muskelanstrengung, alles in sich unterdrückte, was angstvoll warnte, fügte er mit einer glückseligen Entschlossenheit hinzu: Ich will zu ihr gehen!

Und er zog seinen schwarzen Sonntagsanzug an, nahm Cylinder und Stock und ging schnell und hastig atmend durch die ganze Stadt in die südliche Vorstadt. Ohne einen Menschen zu sehen, hob und senkte er bei jedem Schritte in eifriger Weise den Kopf, ganz in einem abwesenden, exaltierten Zustand befangen, bis er draußen in der Kastanienallee vor der roten Villa stand, an deren Eingang der Name »Oberstlieutenant von Rinnlingen« zu lesen war.

XII.

Hier befiel ihn ein Zittern, und das Herz pochte ihm krampfhaft und schwer gegen die Brust. Aber er ging über den Flur und klingelte drinnen. Nun war es entschieden, und es gab kein Zurück.

Mochte alles seinen Gang gehen, dachte er. In ihm war es plötzlich totenstill.

Die Tür sprang auf, der Diener kam ihm über den Vorplatz entgegen, nahm die Karte in Empfang und eilte damit die Treppe hinauf, auf der ein roter Läufer lag. Auf diesen starrte Herr Friedemann unbeweglich, bis der Diener zurückkam und erklärte, die gnädige Frau lasse bitten, sich hinauf zu verfügen.

Oben neben der Salontür, wo er seinen Stock abstellte, warf er einen Blick in den Spiegel. Sein Gesicht war bleich, und über den geröteten Augen klebte das Haar an der Stirn; die Hand, in der er den Cylinder hielt, zitterte unaufhaltsam.

Der Diener öffnete, und er trat ein. Er sah sich in einem ziemlich großen, halbdunklen Gemach; die Fenster waren verhängt. Rechts stand ein Flügel, und in der Mitte um den runden Tisch gruppierten sich Lehnsessel in brauner Seide. Über dem Sofa an der linken Seitenwand hing eine Landschaft in schwerem Goldrahmen. Auch die Tapete war dunkel. Hinten im Erker standen Palmen.

Eine Minute verging, bis Frau von Rinnlingen rechts die Portiere auseinanderschlug und ihm auf dem dicken braunen Teppich lautlos entgegenkam. Sie trug ein ganz einfach gearbeitetes, rot und schwarz gewürfeltes Kleid. Vom Erker her fiel eine Lichtsäule, in welcher der Staub tanzte, gerade auf ihr schweres, rotes Haar, so daß es einen Augenblick goldig aufleuchtete. Sie hielt ihre seltsamen Augen forschend auf ihn gerichtet und schob wie gewöhnlich die Unterlippe vor.

»Gnädige Frau«, begann Herr Friedemann und blickte zu ihr in die Höhe, denn er reichte ihr nur bis zur Brust, »ich möchte Ihnen auch meinerseits meine Aufwartung machen. Ich war, als Sie meine Schwestern beehrten, leider abwesend und... bedauerte das aufrichtig...«

Er wußte durchaus nicht mehr zu sagen, aber sie stand und sah ihn unerbittlich an, als wollte sie ihn zwingen, weiter zu sprechen. Alles Blut stieg ihm plötzlich zu Kopfe. Sie will mich quälen und verhöhnen! dachte er, und sie durchschaut mich! Wie ihre Augen zittern!... Endlich sagte sie mit einer ganz hellen und ganz klaren Stimme:

»Es ist liebenswürdig, daß Sie gekommen sind. Ich habe neulich ebenfalls bedauert, Sie zu verfehlen. Haben Sie die Güte, Platz zu nehmen?«

Sie setzte sich nahe bei ihm, legte die Arme auf die Seitenlehnen des Sessels und lehnte sich zurück. Er saß vorgebeugt und hielt den Hut zwischen den Knieen. Sie sagte:

»Wissen Sie, daß noch vor einer Viertelstunde Ihre Fräulein Schwestern hier waren? Sie sagten mir, Sie seien krank?«

»Das ist wahr«, erwiderte Herr Friedemann, »ich fühlte mich nicht wohl heute Morgen. Ich glaubte nicht ausgehen zu können. Ich bitte wegen meiner Verspätung um Entschuldigung.«

»Sie sehen auch jetzt noch nicht gesund aus«, sagte sie ganz ruhig und blickte ihn unverwandt an. »Sie sind bleich, und Ihre Augen sind entzündet. Ihre Gesundheit läßt überhaupt zu wünschen übrig?«

»Oh...« stammelte Herr Friedemann, »ich bin im allgemeinen zufrieden...«

»Auch ich bin viel krank«, fuhr sie fort, ohne die Augen von ihm abzuwenden; »aber niemand merkt es. Ich bin nervös und kenne die merkwürdigsten Zustände.«

Sie schwieg, legte das Kinn auf die Brust und sah ihn von unten herauf wartend an. Aber er antwortete nicht. Er saß still und hielt seine Augen groß und sinnend auf sie gerichtet. Wie seltsam sie sprach, und wie ihre helle, haltlose Stimme ihn berührte! Sein Herz hatte sich beruhigt; ihm war, als träumte er. – Frau von Rinnlingen begann aufs neue:

»Ich müßte mich irren, wenn Sie nicht gestern das Theater vor Schluß der Vorstellung verließen?«

»Ja, gnädige Frau.«

»Ich bedauerte das. Sie waren ein andächtiger Nachbar, obgleich die Aufführung nicht gut war, oder nur relativ gut. Sie lieben die Musik? Spielen Sie Klavier?«

»Ich spiele ein wenig Violine«, sagte Herr Friedemann. »Das heißt – es ist beinahe nichts ...«

»Sie spielen Violine?« fragte sie; dann sah sie an ihm vorbei in die Luft und dachte nach.

»Aber dann könnten wir hin und wieder miteinander musizieren«, sagte sie plötzlich. »Ich kann etwas begleiten. Es würde mich freuen, hier jemanden gefunden zu haben... Werden Sie kommen?«

»Ich stehe der gnädigen Frau mit Vergnügen zur Verfügung«, sagte er, immer wie im Traum. Es entstand eine Pause. Da änderte sich plötzlich der Ausdruck ihres Gesichtes. Er sah, wie es sich in einem kaum merklichen grausamen Spott verzerrte, wie ihre Augen sich wieder mit jenem unheimlichen Zittern fest und forschend auf ihn richteten, wie schon zweimal vorher. Sein Gesicht ward glühend rot, und ohne zu wissen, wohin er sich wenden sollte, völlig ratlos und außer sich, ließ er seinen Kopf ganz zwischen die Schultern sinken und blickte fassungslos auf den Teppich nieder. Wie ein kurzer Schauer aber durchrieselte ihn wieder jene ohnmächtige, süßlich peinigende Wut...

Als er mit einem verzweifelten Entschluß den Blick wieder erhob, sah sie ihn nicht mehr an, sondern blickte ruhig über seinen Kopf hinweg auf die Tür. Er brachte mühsam ein paar Worte hervor:

»Und sind gnädige Frau bis jetzt leidlich zufrieden mit Ihrem Aufenthalt in unserer Stadt?«

»Oh«, sagte Frau von Rinnlingen gleichgültig, »gewiß. Warum sollte ich nicht zufrieden sein? Freilich ein wenig beengt und beobachtet komme ich mir vor, aber... Übrigens«, fuhr sie gleich darauf fort, »ehe ich es vergesse: Wir denken in den nächsten Tagen einige Leute bei uns zu sehen, eine kleine, zwanglose Gesellschaft. Man könnte ein wenig Musik machen, ein wenig plaudern... Überdies haben wir hinterm Hause einen recht hübschen Garten; er geht bis zum Flusse hinunter.

Kurz und gut: Sie und Ihre Damen werden selbstverständlich noch eine Einladung erhalten, aber ich bitte Sie gleich hiermit um Ihre Teilnahme; werden Sie uns das Vergnügen machen?«

Herr Friedemann hatte kaum seinen Dank und seine Zusage hervorgebracht, als der Türgriff energisch niedergedrückt wurde und der Oberstlieutenant eintrat. Beide erhoben sich, und während Frau von Rinnlingen die Herren einander vorstellte, verbeugte sich ihr Gatte mit der gleichen Höflichkeit vor Herrn Friedemann wie vor ihr. Sein braunes Gesicht war ganz blank vor Wärme.

Während er sich die Handschuhe auszog, sprach er mit seiner kräftigen und scharfen Stimme irgend etwas zu Herrn Friedemann, der mit großen, gedankenlosen Augen zu ihm in die Höhe blickte und immer erwartete, wohlwollend von ihm auf die Schulter geklopft zu werden. Indessen wandte sich der Oberstlieutenant mit zusammengezogenen Absätzen und leicht vorgebeugtem Oberkörper an seine Gattin und sagte mit merklich gedämpfter Stimme:

»Hast Du Herrn Friedemann um seine Gegenwart bei unserer kleinen Zusammenkunft gebeten, meine Liebe? Wenn es Dir angenehm ist, so denke ich, daß wir sie in acht Tagen veranstalten. Ich hoffe, daß das Wetter sich halten wird, und daß wir uns auch im Garten aufhalten können.«

»Wie Du meinst«, antwortete Frau von Rinnlingen und blickte an ihm vorbei.

Zwei Minuten später empfahl sich Herr Friedemann. Als er sich an der Tür noch einmal verbeugte, begegnete er ihren Augen, die ohne Ausdruck auf ihm ruhten.

XIII.

Er ging fort, er ging nicht zur Stadt zurück, sondern schlug, ohne es zu wollen, einen Weg ein, der von der Allee abzweigte und zu dem ehemaligen Festungswall am Flusse führte. Es gab dort wohlgepflegte Anlagen, schattige Wege und Bänke.

Er ging schnell und besinnungslos, ohne aufzublicken. Es war ihm unerträglich heiß, und er fühlte, wie die Flammen in ihm auf und nieder schlugen, und wie es in seinem müden Kopfe unerbittlich pochte ...

Lag noch immer nicht ihr Blick auf ihm? Aber nicht wie zuletzt, leer und ohne Ausdruck, sondern wie vorher, mit dieser zitternden Grausamkeit, nachdem sie eben noch in jener seltsam stillen Art zu ihm gesprochen hatte? Ach, ergötzte es sie, ihn hilflos zu machen und außer sich zu bringen? Konnte sie, wenn sie ihn durchschaute, nicht ein wenig Mitleid mit ihm haben? ...

Er war unten am Flusse entlang gegangen, neben dem grün bewachsenen Walle hin, und er setzte sich auf eine Bank, die von Jasmingebüsch im Halbkreis umgeben war. Rings war alles voll süßen, schwülen Duftes. Vor ihm brütete die Sonne auf dem zitternden Wasser.

Wie müde und abgehetzt er sich fühlte, und wie doch alles in ihm in qualvollem Aufruhr war! War es nicht das beste, noch einmal um sich zu blicken und dann hinunter in das stille Wasser zu gehen, um nach einem kurzen Leiden befreit und hinübergerettet zu sein in die Ruhe? Ach, Ruhe, Ruhe war es ja, was er wollte! Aber nicht die Ruhe im leeren und tauben Nichts, sondern ein sanftbesonnter Friede, erfüllt von guten, stillen Gedanken.

Seine ganze zärtliche Liebe zum Leben durchzitterte ihn in diesem Augenblick und die tiefe Sehnsucht nach seinem verlorenen Glück. Aber dann blickte er um sich in die schweigende, unendlich gleichgültige Ruhe der Natur, sah, wie der Fluß in der Sonne seines Weges zog, wie das Gras sich zitternd bewegte und die Blumen dastanden, wo sie erblüht waren, um dann zu welken und zu verwehen, sah, wie alles, alles mit dieser stummen Ergebenheit dem Dasein sich beugte, – und es überkam ihn auf einmal die Empfindung von Freundschaft und Einverständnis mit der Notwendigkeit, die eine Art von Überlegenheit über alles Schicksal zu geben vermag.

Er dachte an jenen Nachmittag seines dreißigsten Geburtstages, als er, glücklich im Besitze des Friedens, ohne Furcht und Hoffnung über den Rest seines Lebens hinzublicken geglaubt hatte. Kein Licht und keinen Schatten hatte er da gesehen, sondern in mildem Dämmerschein hatte alles vor ihm gelegen, bis es dort hinten, unmerklich fast, im Dunkel verschwamm, und mit einem ruhigen und überlegenen Lächeln hatte er den Jahren entgegen gesehen, die noch zu kommen hatten – wie lange war das her?

Da war diese Frau gekommen, sie mußte kommen, es war sein Schicksal, sie selbst war sein Schicksal, sie allein! Hatte er das nicht gefühlt vom ersten Augenblicke an? Sie war gekommen, und ob er auch versucht hatte, seinen Frieden zu verteidigen, – für sie mußte sich alles in ihm empören, was er von Jugend auf in sich unterdrückt hatte, weil er fühlte, daß es für ihn Qual und Untergang bedeutete; es hatte ihn mit furchtbarer, unwiderstehlicher Gewalt ergriffen und richtete ihn zu Grunde!

Es richtete ihn zu Grunde, das fühlte er. Aber wozu noch kämpfen und sich quälen? Mochte alles seinen Lauf nehmen! Mochte er seinen Weg weitergehen und die Augen schließen vor dem gähnenden Abgrund dort hinten, gehorsam dem Schicksal, gehorsam der überstarken, peinigend süßen Macht, der man nicht zu entgehen vermag.

Das Wasser glitzerte, der Jasmin atmete seinen scharfen, schwülen Duft, die Vögel zwitscherten rings umher in den Bäumen, zwischen denen ein schwerer, sammetblauer Himmel leuchtete. Der kleine bucklige Herr Friedemann aber saß noch lange auf seiner Bank. Er saß vornüber gebeugt, die Stirn in beide Hände gestützt.

XIV.

Alle waren sich einig, daß man sich bei Rinnlingens vortrefflich unterhielt. Etwa dreißig Personen saßen an der langen, geschmackvoll dekorierten Tafel, die sich durch den weiten Speisesaal hinzog; der Bediente und zwei Lohndiener eilten bereits mit dem Eise umher, es herrschte Geklirr, Geklapper und ein warmer Dunst von Speisen und Parfüms. Gemütliche Großkaufleute mit ihren Gemahlinnen und Töchtern waren hier versammelt; außerdem fast sämtliche Offiziere der Garnison, ein alter, beliebter Arzt, ein paar Juristen und was sonst den ersten Kreisen sich beizählte. Auch ein Student der Mathematik war anwesend, ein Neffe des Oberstlieutenants, der bei seinen Verwandten zu Besuch war; er führte die tiefsten Gespräche mit Fräulein Hagenström, die Herrn Friedemann gegenüber ihren Platz hatte.

Dieser saß auf einem schönen Sammetkissen am unteren Ende der Tafel neben der nicht schönen Gattin des Gymnasialdirektors, nicht weit von

Frau von Rinnlingen, die von Konsul Stephens zu Tische geführt worden war. Es war erstaunlich, was für eine Veränderung in diesen acht Tagen mit dem kleinen Herrn Friedemann sich ereignet hatte. Vielleicht lag es zum Teil an dem weißen Gasglühlicht, von dem der Saal erfüllt war, daß sein Gesicht so erschreckend bleich erschien; aber seine Wangen waren eingefallen, seine geröteten und dunkel umschatteten Augen zeigten einen unsäglich traurigen Schimmer, und es sah aus, als sei seine Gestalt verkrüppelter als je. – Er trank viel Wein und richtete hie und da ein paar Worte an seine Nachbarin.

Frau von Rinnlingen hatte bei Tische noch kein Wort mit Herrn Friedemann gewechselt; jetzt beugte sie sich ein wenig vor und rief ihm zu:

»Ich habe Sie in diesen Tagen vergeblich erwartet, Sie und Ihre Geige.«

Er sah sie einen Augenblick vollkommen abwesend an, bevor er antwortete. Sie trug eine helle, leichte Toilette, die ihren weißen Hals freiließ, und eine voll erblühte Maréchal-Niel-Rose war in ihrem leuchtenden Haar befestigt. Ihre Wangen waren heute Abend ein wenig gerötet, aber wie immer lagerten bläuliche Schatten in den Winkeln ihrer Augen.

Herr Friedemann blickte auf seinen Teller nieder und brachte irgend etwas als Antwort hervor, worauf er der Gymnasialdirektorin die Frage beantworten mußte, ob er Beethoven liebe. In diesem Augenblick aber warf der Oberstlieutenant, der ganz oben am Tische saß, seiner Gattin einen Blick zu, schlug ans Glas und sagte:

»Meine Herrschaften, ich schlage vor, daß wir unseren Kaffee in den anderen Zimmern trinken; übrigens muß es heute Abend auch im Garten nicht übel sein, und wenn jemand dort ein wenig Luft schöpfen will, so halte ich es mit ihm.«

In die eingetretene Stille hinein machte Lieutenant von Deidesheim aus Taktgefühl einen Witz, so daß alles sich unter fröhlichem Gelächter erhob. Herr Friedemann verließ als einer der letzten mit seiner Dame den Saal, geleitete sie durch das altdeutsche Zimmer, wo man bereits zu rauchen begann, in das halbdunkle und behagliche Wohngemach und verabschiedete sich von ihr.

Er war mit Sorgfalt gekleidet; sein Frack war ohne Tadel, sein Hemd blendend weiß, und seine schmalen und schön geformten Füße steckten in Lackschuhen. Dann und wann konnte man sehen, daß er rotseidene Strümpfe trug.

Er blickte auf den Korridor hinaus und sah, daß größere Gruppen sich bereits die Treppe hinunter in den Garten begaben. Aber er setzte sich mit seiner Cigarre und seinem Kaffee an die Tür des altdeutschen Zimmers, in dem einige Herren plaudernd beisammen standen, und blickte in das Wohngemach hinein.

Gleich rechts von der Tür saß um einen kleinen Tisch ein Kreis, dessen Mittelpunkt von dem Studenten gebildet ward, der mit Eifer sprach. Er hatte die Behauptung aufgestellt, daß man durch einen Punkt mehr als eine Parallele zu einer Geraden ziehen könne, Frau Rechtsanwalt Hagenström hatte gerufen: »Dies ist unmöglich!« und nun bewies er es so schlagend, daß alle taten, als hätten sie es verstanden.

Im Hintergrunde des Zimmers aber, auf der Ottomane, neben der die niedrige, rotverhüllte Lampe stand, saß im Gespräch mit dem jungen Fräulein Stephens Gerda von Rinnlingen. Sie saß ein wenig in das gelbseidene Kissen zurückgelehnt, einen Fuß über den anderen gestellt, und rauchte langsam eine Cigarette, wobei sie den Rauch durch die Nase ausatmete und die Unterlippe vorschob. Fräulein Stephens saß aufrecht und wie aus Holz geschnitzt vor ihr und antwortete ängstlich lächelnd.

Niemand beachtete den kleinen Herrn Friedemann, und niemand bemerkte, daß seine großen Augen ohne Unterlaß auf Frau von Rinnlingen gerichtet waren. In einer schlaffen Haltung saß er und sah sie an. Es war nichts Leidenschaftliches in seinem Blick und kaum ein Schmerz; etwas Stumpfes und Totes lag darin, eine dumpfe, kraft- und willenlose Hingabe.

Zehn Minuten etwa vergingen so; da erhob Frau von Rinnlingen sich plötzlich, und ohne ihn anzublicken, als ob sie ihn während der ganzen Zeit heimlich beobachtet hätte, schritt sie auf ihn zu und blieb vor ihm stehen. Er stand auf, sah zu ihr in die Höhe und vernahm die Worte:

»Haben Sie Lust, mich in den Garten zu begleiten, Herr Friedemann?«

Er antwortete:

»Mit Vergnügen, gnädige Frau.«

XV.

»Sie haben unseren Garten noch nicht gesehen?« sagte sie auf der Treppe zu ihm. »Er ist ziemlich groß. Hoffentlich sind noch nicht zu viele Menschen dort; ich möchte gern ein wenig aufatmen. Ich habe während des Essens Kopfschmerzen bekommen; vielleicht war mir dieser Rotwein zu kräftig... Hier durch die Tür müssen wir hinausgehen.« Es war eine Glastür, durch die sie vom Vorplatz aus einen kleinen, kühlen Flur betraten; dann führten ein paar Stufen ins Freie.

In der wundervoll sternklaren, warmen Nacht quoll der Duft von allen Beeten. Der Garten lag in vollem Mondlicht, und auf den weiß leuchtenden Kieswegen gingen die Gäste plaudernd und rauchend umher. Eine Gruppe hatte sich um den Springbrunnen versammelt, wo der alte, beliebte Arzt unter allgemeinem Gelächter Papierschiffchen schwimmen ließ.

Frau von Rinnlingen ging mit einem leichten Kopfnicken vorüber und wies in die Ferne, wo der zierliche und duftende Blumengarten zum Park sich verdunkelte.

»Wir wollen die Mittelallee hinuntergehen«, sagte sie. Am Eingange standen zwei niedrige, breite Obelisken.

Dort hinten, am Ende der schnurgeraden Kastanienallee sahen sie grünlich und blank den Fluß im Mondlicht schimmern. Rings umher war es dunkel und kühl. Hie und da zweigte ein Seitenweg ab, der im Bogen wohl ebenfalls zum Flusse führte. Es ließ sich lange Zeit kein Laut vernehmen.

»Am Wasser«, sagte sie, »ist ein hübscher Platz, wo ich schon oft gesessen habe. Dort könnten wir einen Augenblick plaudern. – Sehen Sie, dann und wann glitzert zwischen dem Laub ein Stern hindurch.«

Er antwortete nicht und blickte auf die grüne, schimmernde Fläche, der sie sich näherten. Man konnte das jenseitige Ufer erkennen, die Wallanlagen. Als sie die Allee verließen und auf den Grasplatz hinaustraten, der sich zum Flusse hinabsenkte, sagte Frau von Rinnlingen:

»Hier ein wenig nach rechts ist unser Platz; sehen Sie, er ist unbesetzt.«

Die Bank, auf der sie sich niederließen, lehnte sich sechs Schritte seitwärts von der Allee an den Park. Hier war es wärmer als zwischen den breiten Bäumen. Die Grillen zirpten in dem Grase, das hart am Wasser in dünnes Schilf überging. Der mondhelle Fluß gab ein mildes Licht.

Sie schwiegen beide eine Weile und blickten auf das Wasser. Dann aber horchte er ganz erschüttert, denn der Ton, den er vor einer Woche vernommen, dieser leise, nachdenkliche und sanfte Ton berührte ihn wieder:

»Seit wann haben Sie Ihr Gebrechen, Herr Friedemann?« fragte sie. »Sind Sie damit geboren?«

Er schluckte hinunter, denn die Kehle war ihm wie zugeschnürt. Dann antwortete er leise und artig:

»Nein, gnädige Frau. Als kleines Kind ließ man mich zu Boden fallen; daher stammt es.«

»Und wie alt sind Sie nun?« fragte sie weiter.

»Dreißig Jahre, gnädige Frau.«

»Dreißig Jahre«, wiederholte sie. »Und Sie waren nicht glücklich, diese dreißig Jahre?«

Herr Friedemann schüttelte den Kopf, und seine Lippen bebten. »Nein«, sagte er; »das war Lüge und Einbildung.«

»Sie haben also geglaubt, glücklich zu sein?« fragte sie.

»Ich habe es versucht«, sagte er, und sie antwortete:

»Das war tapfer.«

Eine Minute verstrich. Nur die Grillen zirpten, und hinter ihnen rauschte es ganz leise in den Bäumen.

»Ich verstehe mich ein wenig auf das Unglück«, sagte sie dann. »Solche Sommernächte am Wasser sind das beste dafür.«

Hierauf antwortete er nicht, sondern

wies mit einer schwachen Gebärde hinüber nach dem jenseitigen Ufer, das friedlich im Dunkel lag.

»Dort habe ich neulich gesessen«, sagte er.

»Als Sie von mir kamen?« fragte sie.

Er nickte nur.

Dann aber bebte er plötzlich auf seinem Sitz in die Höhe, schluchzte auf, stieß einen Laut aus, einen Klagelaut, der doch zugleich etwas Erlösendes hatte, und sank langsam vor ihr zu Boden. Er hatte mit seiner Hand die ihre berührt, die neben ihm auf der Bank geruht hatte, und während er sie nun festhielt, während er auch die andere ergriff, während dieser kleine, gänzlich verwachsene Mensch zitternd und zukkend vor ihr auf den Knieen lag und sein Gesicht in ihren Schoß drückte, stammelte er mit einer unmenschlichen, keuchenden Stimme:

»Sie wissen es ja... Laß mich... Ich

kann nicht mehr... Mein Gott... Mein Gott...«

Sie wehrte ihm nicht, sie beugte sich auch nicht zu ihm nieder. Sie saß hoch aufgerichtet, ein wenig von ihm zurückgelehnt, und ihre kleinen, nahe beieinander liegenden Augen, in denen sich der feuchte Schimmer des Wassers zu spiegeln schien, blickten starr und gespannt gradeaus, über ihn fort, ins Weite.

Und dann, plötzlich, mit einem Ruck, mit einem kurzen, stolzen, verächtlichen Lachen hatte sie ihre Hände seinen heißen Fingern entrissen, hatte ihn am Arm gepackt, ihn seitwärts vollends zu Boden geschleudert, war aufgesprungen und in der Allee verschwunden.

Er lag da, das Gesicht im Grase, betäubt, außer sich, und ein Zucken lief jeden Augenblick durch seinen Körper. Er raffte sich auf, tat zwei Schritte und stürzte wieder zu Boden. Er lag am Wasser. –

Was ging eigentlich in ihm vor, bei dem, was nun geschah? Vielleicht war es dieser wollüstige Haß, den er empfunden hatte, wenn sie ihn mit ihrem Blicke demütigte, der jetzt, wo er, behandelt von ihr wie ein Hund, am Boden lag, in eine irrsinnige Wut ausartete, die er betätigen mußte, sei es auch gegen sich selbst... ein Ekel vielleicht vor sich selbst, der ihn mit einem Durst erfüllte, sich zu vernichten, sich in Stücke zu zerreißen, sich auszulöschen ...

Auf dem Bauche schob er sich noch weiter vorwärts, erhob den Oberkörper und ließ ihn ins Wasser fallen. Er hob den Kopf nicht wieder; nicht einmal die Beine, die am Ufer lagen, bewegte er mehr.

Bei dem Aufklatschen des Wassers waren die Grillen einen Augenblick verstummt. Nun setzte ihr Zirpen wieder ein, der Park rauschte leise auf, und durch die lange Allee herunter klang gedämpftes Lachen.

Zum Jubiläum
›100 Jahre Thomas Mann bei S. Fischer‹
erscheinen außerdem:

TAGEBÜCHER
Hrsg. von Peter de Mendelssohn
und Inge Jens
10 Bände (in Kassette), 9504 Seiten
ca. DM 298,–
ISBN 3-10-048280-8

AUSGEWÄHLTE WERKE
6 Bände (in Kassette), 3616 Seiten
ca. DM 98,–
ISBN 3-10-048300-6

BUDDENBROOKS
Verfall einer Familie
Einband mit dem geprägten Motiv
der ersten einbändigen Ausgabe von 1903
768 Seiten, ca. DM 29,80
ISBN 3-10-348124-1